A LA
POLOGNE

PAR

GEORGES OLIVIER.

PRIX : 50 CENTIMES.
AU PROFIT DE LA SOUSCRIPTION POLONAISE.

PARIS.
CHEZ TOUS LES MARCHANDS DE NOUVEAUTÉS.
—
1846.

 48609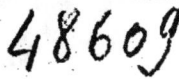

À LA

POLOGNE

par

GEORGES OLIVIER.

1846

A LA

POLOGNE.

I.

Pour la septième fois, ressuscitant ses haines,
L'Aigle de la Pologne a secoué ses chaînes,
Et son front mutilé se lève audacieux.
Un cri superbe et fort jaillit de ses entrailles ;
Pour demander à Dieu le jour des représailles,
    Sublime, il monte dans les cieux.

Et le puissant écho de la voix populaire,
Roulant à l'horizon ses rumeurs de colère,
Répond à l'oiseau-roi : « Vive la liberté !
» Pour voir de nos tyrans l'orgueil tomber en poudre
» Dans tes serres d'acier rapporte-nous la foudre
    » Des hauteurs de l'immensité.

» Rapporte nous l'éclair de Dieu pâle ministre,
» L'éclair qui jette aux yeux une lueur sinistre,
» Vole au front du coupable et le ceint de remords,
» L'éclair qui dans sa flamme étreint l'âme abattue,
» L'éclair enfin, l'éclair qui brille, frappe et tue. --
  » A la vengeance il faut des morts.

» Toi dont l'œil peut fixer le soleil face-à-face,
» Aigle, aux pieds du Très-Haut va... dis-lui qu'il efface
» D'un servage honteux les vestiges amers.
» Nous luttons pour le Christ... notre cause est sacrée!
» Sainte est notre vengeance! — O patrie adorée,
  » C'est pour te délivrer des fers!

» Que ton glaive de feu, Seigneur, nous accompagne,
» De Cracovie en deuil viens bénir les soldats!...
» Dieu parle... écoutez tous. — Il guidera nos pas,
» Frères, nous sommes forts. Du fleuve à la montagne,
» La guerre! guerre à mort! — Pologne, tu vivras!
» Nous sentons dans nos cœurs battre le sang des braves;
» Qu'ils viennent les tyrans! nous ne tremblerons pas:
» Les fils de Kosciusko ne tendront point les bras...
  » Horreur!.. plutôt que d'être esclaves
  » Mourons comme Léonidas.

II.

Alerte! la fanfare éclate!
Brillez, poignards!... tonnez, canons!...
Qu'au son du tambour le cœur batte!
Ils s'élancent, les bataillons.
Rapide comme un vent d'orage,
Dans les flots purs de ton courage,
O Pologne! lave l'outrage
De tes lâches violateurs...
Dieu le veut! reprends ton épée!
Que, trop long-temps inoccupée,
Sa lame de ton sang trempée
Menace tes persécuteurs!

Déesse, on les a vus défendre
De prier devant tes autels...
Phénix, tu renais de ta cendre,
Les grands peuples sont immortels.
Le crime seul, fils de la tombe,
A son fatal berceau retombe,
Dans les débris de l'hécatombe
Immolée à sa volupté...
Mais pour toi, sœur illustre et chère,
Comme pour la France ma mère,
La mort est un mal éphémère...
Tu règnes dans l'éternité.

En vain tes ennemis sans nombre
Hurlent la haine autour de toi.
Parle à ton tour. — La foule sombre
Se taira, livide d'effroi. —
Fais un pas... que ta main poignarde
Un soldat de leur avant-garde,
Tu verras leur face blafarde
Comme le front des trépassés. —
Avance encore, — leur cohorte,
Naguères si fière et si forte,
Comme un son que la brise emporte,
Fuira... — Regarde... ils sont passés.

III.

Ce n'est qu'un rêve, hélas! le blasphème à la bouche,
    Ils sont là, triste vérité!
Je le vois... je le vois... le tourbillon farouche
    Des geôliers de la liberté.

Ivres, ils vont jouer sur un monceau d'entraves,
    Comme un enfant parmi des fleurs.
C'est un métier si beau d'enchaîner des esclaves
    Et de s'abreuver de leurs pleurs!

C'est un honneur si grand de se faire connaître
    Au monde par des cruautés...
De lier l'homme à l'homme, afin qu'il dise : « Maître,
    » Vos désirs sont mes volontés.

Arrière! porte-clefs d'une prison sanglante,
    Rebut impur des nations !
Vous insultez à Dieu, quand votre voix sifflante
    S'oppose aux révolutions.

Vous insultez à Dieu! — le justicier suprême
    A dit : « La liberté pour tous! »
Et vous osez crier, apostats au cœur blême :
    « Pologne, tombe à nos genoux. »

Arrière!.... A toi d'abord, Autriche, courtisane
    D'un tyran qui se dit César,
A toi le fouet qui mord, la verge qui profane!
    Honte sur ton aigle bâtard !

Un poète l'a dit... (*) Autriche, on te retrouve
    Partout où gémit le malheur.
Il te faut, pour gorger tes appétits de louve,
    Les ossements de la douleur.

En Grèce, le croissant pavoisait tes frégates,
    Maîtresse infâme du sultan!
Sous les murs de Coron tes bombes renégates
    Frappaient la croix en éclatant.

Prends garde!... aux fils d'Hellé, flétrissant ton parjure,
    Un jour le ciel tendit la main...
A ton sein corrompu saigne encor la blessure
    Du triomphe de Navarin!

(*) Victor Hugo, *Orientales.*

Malheur sur vous aussi qui tombez du Caucase
    Comme un torrent dévastateur.
Sennachérib du Nord, arrête... ou Dieu t'écrase
    Par son ange exterminateur.

Czar, n'as-tu pas assez de ton puissant empire,
    Monde agenouillé de valets,
Que tu veuilles livrer la Pologne au martyre,
    Pour quelques débris de palais?

Ou bien, faut-il vraiment, comme on le dit, des têtes
    A tes caprices de bourreau!
Dans tes festins du sang, et pour tes jours de fêtes
    Des cadavres sous ton traîneau?

Va! tu n'es qu'Attila, mais non pas Alexandre,
    Charlemagne ou Napoléon.
Sous ton front, de l'orgueil... dans ton cœur, de la cendre;
    Tout du tigre... rien du lion!

Va! rejoins Metternich! avec lui tes annales
    Achèveront de se ternir...
A ce vieillard caduc il faut des saturnales
    Et du sang pour se rajeunir.

IV.

Ah! pour qui sent dans sa poitrine
Frémir des élans généreux,
Le mépris gonfle sa narine,
L'horreur hérisse ses cheveux...
Un instant il tremble, il balance,
Mais bientôt, rompant le silence,
De sa lèvre un long cri s'élance :
— Aux armes! peuples d'Occident!
Aux armes! la Pologne expire,
Luttez contre le double empire,
Qui s'attache, comme un vampire,
Pour ronger votre sœur au flanc.

Soulève-toi, mer populaire,
Gronde, rugis... rugis encor!
Dans ta vague patibulaire
Engloutis ces chakals du Nord.
Sol natal de l'indépendance,
La première en avant, ô France !
Ressaisis le glaive et la lance,
Fais flotter au vent ton drapeau !
Et l'épouvantail de ta gloire
Refoulera leur tourbe noire,
Au souvenir expiatoire
D'Austerlitz, d'Arcole et d'Eylau !

Ce peuple, dont la voix t'implore,
Suivit ton géant niveleur ;
Et la bannière tricolore
Fut le linceul de sa valeur....
Souffriras-tu qu'il soit esclave
Que le Cosaque et le Landgrave
Dans un étau de honte enclave
Les lambeaux du cœur Polonais?
Réveille ton indifférence,
Redeviens cette noble France,
Qui sait relever la souffrance
Et se souvenir des bienfaits.

Et toi, Léopard d'Angleterre,
Aiguise ton ongle royal ;
Fais cette fois trembler la terre
Au fracas de ton arsenal.

Vous aussi, peuplades Germaines,
Que Vienne meurtrit de ses chaînes,
Des phalanges Autrichiennes
Enfoncez le carré d'airain.
Allons, Breslaw, Bude, Bohême,
Ebranlez Satan qui blasphème,
En lui jetant pour anathême
Le grand nom de Mathias Corvin.

Regarde, vieille Lombardie,
Voici l'astre des anciens jours...
Brandis la torche d'incendie,
De ta geôle embrase les tours.
Lorsqu'on a défié l'Église,
Quand on est Milan et Venise,
On doit rattacher sa devise
Aux plis troués de son manteau,
Redresser sa haute muraille,
Pousser le hourrah de bataille,
Dût-on périr sous la mitraille,
Ou souffrir comme Pellico.

Donc, de la Seine à la mer Noire,
Nations, unissez vos mains !
Non par une étreinte illusoire,
Mais par des nœuds fermes et saints.
Soyez, non le vautour fétide
Flairant la brise qui le guide
A quelque cadavre livide,

Sur le champ du combat resté :
Mais l'aigle généreux qui plane
Sur les flots de l'air diaphane,
Vers l'astre adoré du Brachmane,
Vers le Dieu de la liberté.

GEORGES OLIVIER.

18 Mars 1846.

Imprimerie de GUILLOIS, faubourg Saint-Antoine, 123.

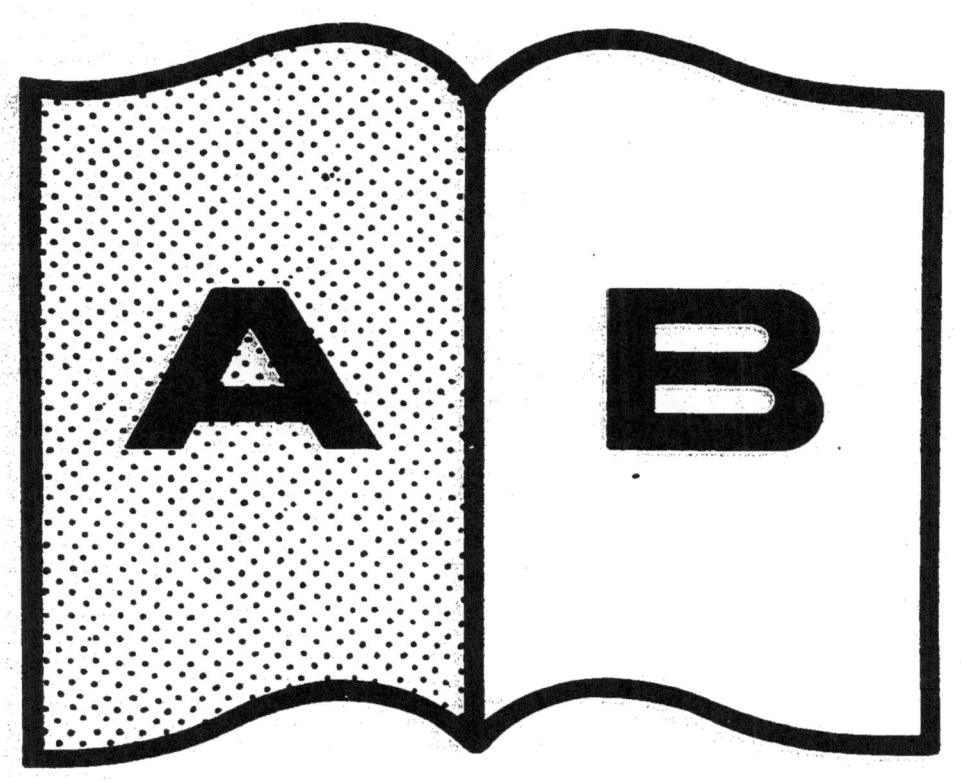

Contraste insuffisant

NF Z **43**-120-14